JN244089

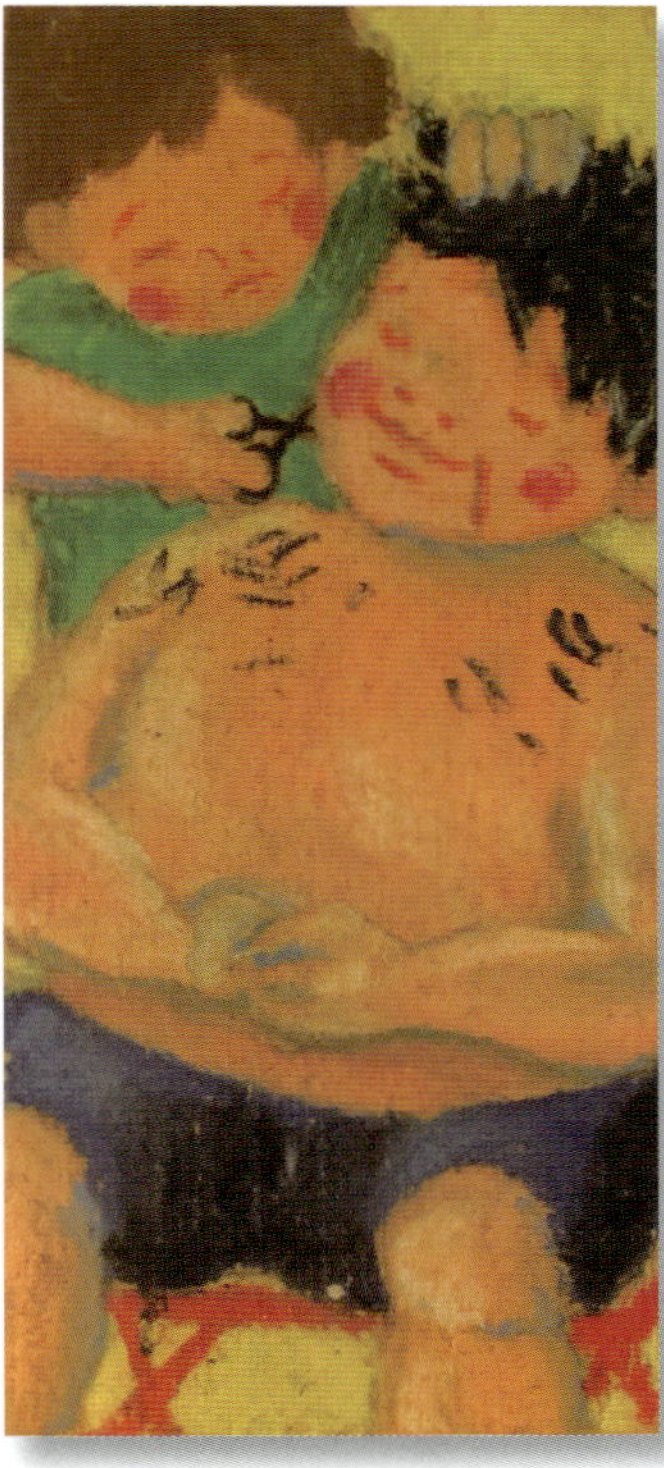

散髪したお父さんを
「知らない人」だと泣いたっけ……
なんて
急に想い出したり。

ふみ・榊原みか
え・角 麻衣子

ふみ／榊原 みか（大阪府 23歳）
手紙「ふるさとへの想い」（平成11年）入賞作品
え／角 麻衣子（岐阜県 21歳）
「両親散髪」第12回（平成18年）入賞作品

私は希代子
お姉ちゃんは加奈子
犬はラン

これくらいは何韋えないでよ。

文・佐野希代子
絵・斉藤愛衣子

ふみ／佐野希代子（福井県 14歳）
「父」への手紙（平成8年）入賞作品
え／斉藤愛衣子（茨城県 36歳）
「うーたんとあっこちゃん」第12回（平成18年）入賞作品

ぼくが大きくなっても
ずっとあそんであげるからね。

お父さん。

文・植田光彦
絵・中俣稔

ふみ／植田　光彦（岩手県　5歳）
「父」への手紙（平成8年）入賞作品
え／中俣　稔（東京都　60歳）
「かたぐるま」第12回（平成18年）応募作品

他人なら
オモロイおっちゃん
やったのに
私の父であったことが
不幸でした。

文・有田直美
絵・松山みきお

ふみ／有田　直美（大阪府35歳）
「父」への手紙（平成8年）入賞作品
え／松山みきお（大阪府23歳）
「枯れ木に咲いた命」第9回（平成15年）入賞作品

ふみ／屋代　有香（福島県16歳）
「父」への手紙（平成8年）入賞作品
え／小川朝一郎（愛知県80歳）
「はしご酒」第10回（平成16年）入賞作品

「飲み会の御帰館は
いつも10時40分
おかげで
ドラマの結末が
わかりません」

文・屋代有香
絵・小川朝一郎

天国の父上殿
一筆啓上致します。
奥様が
70kgになられました。

文・伊藤瑞恵
絵・藤原沙弥

ふみ／伊藤　瑞恵（沖縄県29歳）
「父」への手紙（平成8年）入賞作品
え／藤原　沙弥（高知県23歳）
「夢現」第10回（平成16年）入賞作品

十年前の
写真
持ち歩かんでよ。

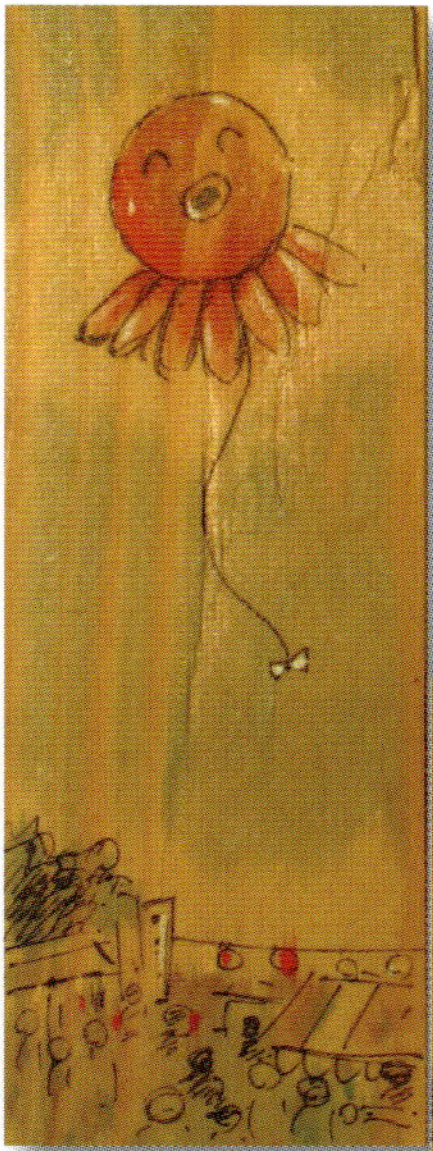

うちは重くなったし
父さんも
肩車できんじゃろ。

文・柴田あゆみ
絵・石橋弘泰

ふみ／柴田あゆみ（東京都 19歳）
「父」への手紙（平成8年）入賞作品
え／石橋　弘泰（佐賀県 37歳）
「夏祭り」第4回（平成10年）入賞作品

お星様から
見えますか。
パパに教えてもらった
自転車……
乗れるように
なりました。

ふみ・山崎正太郎(八歳)
え・小田季世美(八歳)

ふみ／山﨑正太郎（三重県 8歳）
「父」への手紙（平成8年）入賞作品
え／小田季世美（愛知県 8歳）
「名古屋城へサイクリング」第2回（平成8年）
入賞作品

日本一短い「父」への手紙〈増補改訂版〉

本書は、平成八年度の第四回「一筆啓上賞 ―日本一短い『父』への手紙」（財団法人丸岡町文化振興事業団主催、郵政省・住友グループ広報委員会後援）の入賞作品を中心にまとめたものである。

同賞には、平成八年六月一日〜九月十五日の期間内に七万一五二一通の応募があった。平成九年一月二十八日・二十九日に最終選考が行われ、一筆啓上賞一〇篇、秀作一〇篇、特別賞二〇篇、佳作一六〇篇が選ばれた。同賞の選考委員は、黒岩重吾（故）、俵万智、時実新子（故）、森浩一の諸氏であった。英訳のある作品に関しては、英訳を付記した。英訳はパトリシア・J・ウエッツェル教授によるものである。

本書に掲載した年齢・都道府県名は応募時のものである。小活字で入れた宛先は編集上、追加・削除したものもある。なお本人の希望により、匿名にした作品がある。
※なお、この書を再版するにあたり、口絵の8作品「日本一短い手紙とかまぼこ板の絵の物語」を加えるとともに再編集し、増補改訂版とした。コラボ作品は一部テーマとは異なる作品を使用している。
※財団法人丸岡町文化振興事業団は、平成二十五年四月一日より「公益財団法人丸岡文化財団」に移行しました。

目次

一筆啓上賞・秀作・特別賞

合格発表《ごうかくはっぴょう》の日《ひ》、
掲示板《けいじばん》に僕《ぼく》の番号《ばんごう》を見《み》つけて僕《ぼく》を殴《なぐ》った父《とう》さん。
うれしかった。

Dad,
The day the test results were announced
and, finding my number on the board,
you hit me, I was so happy.

Yuta Oishi (M.17)

一筆啓上賞
［郵政大臣賞］
大石 悠太
東京都 17歳 高校

父《ちち》がコップに残《のこ》したビールは、
父《ちち》の残《のこ》りの人生《じんせい》のようで
寂《さび》しくなりました。

The beer that dad left in his glass
was like a little of his life left behind,
making me feel lonesome.

Noboru Okubo (M.29)

一筆啓上賞
［郵政大臣賞］
大久保 昇
東京都 29歳 アルバイト

どうして　あんなに
私《わたし》を殴《なぐ》ったの
子供《こども》を産《う》んだら
余計《よけい》　わからなくなりました

Why did you hit me like that?
I still wonder.
When I had children
I understood even less.

Ako Koda (F.29)

一筆啓上賞
［郵政大臣賞］
幸田　亜子
神奈川県　主婦

お父《とう》さん。
あまり関係《かんけい》がないようで、
かなり関係《かんけい》があるかも。

Dad,
Maybe, though we don't seem to have
a lot in common,
we have a lot in common.

Yukari Morinaga (F.15)

一筆啓上賞
［郵政大臣賞］
森永　友香里
福井県　15歳　高校

石《せっ》けん　よーし
タオル　よーし
湯加減《ゆかげん》　よーし
パパが風呂場《ふろば》のぞく口実《こうじつ》
全然《ぜんぜん》　なーし

Soap-ready!
Towel-got it!
Hot water-all set!
Daddy wants to check my bath - no way!

Kanoko Imamura (F.13)

一筆啓上賞
［郵政大臣賞］
今村　嘉之子
静岡県　13歳

戦争へ行った父へ

父《とう》ちゃんも人《ひと》を殺《ころ》したの？
昔《むかし》、何《なん》もわからんで悲《かな》しい質問《しつもん》をして
ごめんなさい。

To my father who went to war:
"Daddy, did you kill people, too?"
I'm sorry I asked such naive question
back then.

Shizue Hamada (F.35)

一筆啓上賞
［郵政大臣賞］
浜田 静江
愛知県 35歳 保健婦

お父《とう》さん、コワイけど弱《よわ》い人《ひと》。
気《き》がついちゃってごめんなさい。

Dad,
You act scary
but I know you're really weak.
Sorry I noticed.

Asuka Yamamoto (F.17)

一筆啓上賞
[郵政大臣賞]
山本 明日香
愛知県 17歳 高校

事情《じじょう》はあったでしょうが、やっぱり認知《にんち》はしてほしかったです。

戸籍欄の父の名前が空欄だったことを知ったのが中学3年生、ショックでした。こだわって40年がたちました。

You probably had your reasons,
but I still wish
that you had recognized me as your own.

Hiromi Kojiya (F.53)

一筆啓上賞
［郵政大臣賞］
糀谷 弘美
三重県 53歳 教員

大好《だいす》きなお父《とう》さん。
私《わたし》たち三人《さんにん》と結婚《けっこん》してくれて、ありがとう。

お父さんは、私と姉、2人の子連れのお母さんと結婚する時、お母さんだけを見たのではなく、私たち3人を見て、私たち3人と結婚してくれたのです。お父さんのおかげで、今は、とても幸せです。

Dearest Dad,
Thanks for marrying the three of us.
Megumi Syono (F.18)

一筆啓上賞
［郵政大臣賞］
庄野 恵美
大阪府 18歳 短期大学

父《とう》さん、老人病院《ろうじんびょういん》でも
また窓際族《まどぎわぞく》だね。
でも今度《こんど》は、神様《かみさま》がよく見《み》える
特別席《とくべつせき》だよね。

Dad,
even in the geriatric ward
you get shunted aside, like at the office.
But this time, you can see God.
A special seat, eh?
Yasuhiko Murai (M.62)

一筆啓上賞
［郵政大臣賞］
村井 泰彦
福岡県 62歳

お父《とう》さんのお墓参《はかまいり》に行《い》くと
なかなか帰《かえ》ろうとしない母《はは》…
いつまでも夫婦《ふうふ》なんだね。

Visiting Dad's grave,
mom never seems to want to leave.
Even death cannot come between them.

Sayuri Muraoka (F.27)

秀作

［北陸郵政局長賞］

村岡 小百合

群馬県 27歳 理容師見習

「人間《にんげん》はな…」親父《おやじ》の説教《せっきょう》は凄《すご》かった。
昨日《きのう》、息子《むすこ》に「人間《にんげん》はな…」
と始《はじ》めたらあくびしていた。

"Ah, the human race..."
A father's most dignified sermon.
Yesterday, I launched into it with my son,
"Ah, the human race..."
Who yawned.

Toshio Koyama (M.66)

秀作
［北陸郵政局長賞］
小山 年男
千葉県 66歳

本当《ほんとう》にこの道《みち》でいいのか
ギンギン　ゾクゾク。
沢登《さわのぼ》りの父《とう》ちゃんの背中《せなか》
信《しん》じてる。

秀作
［北陸郵政局長賞］
熊野 海
福井県 13歳

田《た》んぼが、黄色《きいろ》にみのったよ。
いねかりつかれるのに、
なぜ、うれしい顔《かお》してるの。

The rice fields are yellow with fruit.
Although you get tired from the reaping,
you wear a smile.
Why?

Hirotaka Nakajima (M.7)

秀作

［北陸郵政局長賞］

中嶋　浩貴

福井県　7歳　小学校6年

ひまがあれば一日中《いちにちじゅう》しゃべっている父《ちち》へ。
あなたには、体力《たいりょく》の限界《げんかい》がないのですか？

To my father
Who talks from morning till night:
Are there no limits to your endurance?

Koji Kito (M.16)

秀作
［北陸郵政局長賞］
鬼頭 浩二
福井県 16歳 高校

唯一《ゆいいつ》の会話《かいわ》は、野球《やきゅう》を見《み》ている時《とき》だけ。
だから、ドラゴンズ、ガンバレ！

The only conversation we have
is over baseball on television.
So, "Go, Dragons!"

Hiroki Yada (M.14)

秀作

［北陸郵政局長賞］

矢田 宏起

愛知県 14歳 中学校

お父《とう》さん　気《き》づいてますか？
私《わたし》と　お父《とう》さん、2人《ふたり》の写真《しゃしん》がまだ1枚《いちまい》もないことを。

おさない頃、両親がリコンしてから母と言う字がキライになった。でも日本一短い「母」への手紙の 会いたいとは思いません、でも憎んでもいません。大切なたった一人の母だから……って文章をよんだ時泣きたい気分になりました。父への手紙で育ててくれた父にすこしでも恩返ししたいと思っています。

Father,
Have you never noticed?
There is still not a single photograph
of the two of us together.

Keiko Hirobe (F.20)

秀作

［北陸郵政局長賞］

廣部 恵子

京都府 20歳 主婦

お父《とう》さん
肩《かた》もんでくれるのはいいけど
私《わたし》凝《こ》ってないんだ

Dad,
It's nice of you to rub my shoulders,
but I don't especially need it.

Chie Yasufuku (F.20)

秀作
［北陸郵政局長賞］
安福 知恵
兵庫県 20歳 短期大学

退職《たいしょく》の日《ひ》、飯《めし》おごったくらいで泣《な》くなよ。
俺《おれ》、親孝行《おやこうこう》してないなって反省《はんせい》したぞ。

On the day you retired,
"Don't cry just because I took you to dinner.
It occurred to me
I've never done anything to repay you."

Nobuyuki Fukuoka (M.29)

秀作
［北陸郵政局長賞］
福岡 信之
広島県 29歳 講師

十万円《じゅうまんえん》ほしくてお父《とう》さんのことを考《かんが》えています。
何《なに》を書《か》いたらもらえるのかな。

Wanting the thousand dollar prize,
I think about you, Dad:
What can I write that will get them
to give it to me?

Mari Fujii (F.14)

秀作
［北陸郵政局長賞］
藤井　真理
広島県　14歳　中学校

「姑《かあ》さんが大変《たいへん》だろう」と一言《ひとこと》、言《い》って逝《ゆ》かれた。
解《わか》って下《くだ》さっていたのですね。

To my father-in-law;
“My wife must be hard on you,”
and with that, you died.
I knew, then, that you understood.

Shizuko Kashimura (F.59)

特別賞
樫村 志津子
東京都 59歳 主婦

昔《むかし》、父《とう》やんがリヤカーを引《ひ》いた、
あの、砂塵《さじん》舞《ま》う道《みち》を、
今《いま》では「コスモス街道《かいどう》」と呼《よ》びます。

父が生存していた頃は舗装もされてなく砂ぼこりがたつ凸凹道でしたが
近年ではきれいに整備され、秋には老人クラブの方々の植えたコスモスの花が
道路の両端いっぱいに咲き乱れ国道254号のコスモス街道として県内外の名所になっています。

特別賞

徳野　和人

長野県　56歳　自営業

お父《とう》さん、
家《うち》のおそばは戸隠《とがくし》で一番《いちばん》おいしいんだってよ。
看板娘《かんばんむすめ》がいるからだね♥

特別賞

徳武　久美子

長野県　17歳　高校2年

私《わたし》は希代子《きよこ》、お姉《ねえ》ちゃんは加奈子《かなこ》、犬《いぬ》はらん
これぐらい間違《まちが》えないでよ。

My name is Kiyoko,
my older sister is Kanako,
the dog is Ran,
surely you can handle that much.

Kiyoko Sano (F.14)

特別賞

佐野 希代子

福井県 14歳 中学校

生《う》まれるのが今日《きょう》か？　明日《あす》か？
で明日香《あすか》にしたってほんとう？
パパってさいこう高《こう》！

特別賞

高田　明日香

福井県　9歳　小学校

お父《とう》さん、
電話《でんわ》でお父《とう》さんと間違《まちが》われた時《とき》、
僕《ぼく》は少《すこ》しうれしくなりました。

Dad,
When I was mistaken for you on the phone,
I was actually just a little pleased.

Yasunori Adachi (M.17)

特別賞

足立 安規

福井県 17歳 高校3年

いつもギャグをいって
笑《わら》わせようとしているお父《とう》さん。
ぜんぜんうけません。

To my jokester father
who is always trying to make me laugh:
I don't get it.

Chikako Tanaka (F.16)

特別賞

田中 千香子

福井県 16歳 高校

お父《とう》さんは大《おお》きなすぎの木《き》みたい、
てっぺんにのぼって遠《とお》くをながめたい。

Dad, you're like a big cedar.
I want to climb to the top and see the view.

Takaya Fujita (M.8)

特別賞

ふじた　たかや

福井県　8歳　小学校

シベリアの看守《かんしゅ》と泣《な》いて別《わか》れたなんて——

きっと、いい人《ひと》だったんだよね、お父《とう》さん。

ソビエトから日本に帰る日、長い抑留生活で仲良くなった看守の人が「サヨナラ」と日本語で言って泣いて見送ってくれた— 三才の時病死した父親について何の記憶もない私ですが、母が語ってくれたこの話がとても好きです。

That my father wept with his prison guard
before leaving Siberia-
He must surely have been a good man.

Setsuko Hirai (F.45)

特別賞

平井 節子

岐阜県 45歳 主婦

疲《つか》れた顔《かお》で笑《わら》わないで
疲《つか》れた体《からだ》で仕事《しごと》しないで
疲《つか》れた心《こころ》でやさしくしないで

特別賞

長谷川　せり名

静岡県　15歳　中学校3年

中年になった父へ

私《わたし》が「この人《ひと》かっこいいね」って言《い》うと
「オレも昔《むかし》は…」って
だから何《なん》なのさ。

To Dad, now middle aged:
When I say, “This guy’s really neat!”
you say, “I used to be...”
So what?

Eri Shigeta (F.13)

特別賞

繁田　恵里

静岡県 13歳

父親《ちちおや》のいない子《こ》ばかり盗人扱《ぬすっとあつか》いした先生《せんせい》、片身《かたみ》の狭《せま》い小学生《しょうがくせい》だったよ。お父《とう》さん!!

私2才、妹、生後4カ月、母29才、国鉄マンの父は生真面目、風雨を物ともせず、夜もしっかり、自分の職務を果して40才で他界。母は見ず知らずの高山へ出てきて、昭和9年の高山線開通を目途に!! 駅の売店で 働き乍ら私たちを育ててくれました。どんな辛い事もじっと我慢して母を心配させまいと大きくなりました。

特別賞

益田　豊子
愛知県　68歳　年金受給者

〝家族《かぞく》〟って何《なん》なのか、
会《あ》う事《こと》も無《な》くなった父《とう》さんの処《ところ》から、
いつも考《かんが》え始《はじ》めます。

特別賞

和田　晴美
愛知県　38歳　主婦

〃真《ま》っすぐ　真《ま》っすぐ行《い》くんだ〃
私《わたし》が子供《こども》の頃《ころ》聞《き》いた父《とう》さんの寝言《ねごと》です。

この寝言は父さんの生きざまそのもののようで今でも覚えています。

仕事（道路を作る事）が大好きで自分の信念はぜったい曲げない。

いのしし年でひたすら真っすぐ生きてきた父さん。このまま真っすぐ長生きして下さい。

“Straight! Go straight!”
I remember, when I was small,
you talking in your sleep.

Eiko Ito (F.39)

特別賞

伊藤 英子

愛知県 39歳

「真直《まっす》ぐ歩《ある》けないよ」、お父《とう》さんが言《い》った。
「眼鏡《めがね》のせいよ」と私《わたし》。
頭《あたま》の腫瘍《しゅよう》は言《い》えなかった。

父は母と二人暮しでした。母は足が不自由でほとんど寝たっきりで父が買物にいっていました。私がたずねた時のこと「真直ぐに歩けなくなった」と訴えました。日赤で以前見てもらったところ頭の中に腫瘍があるとのこと でも私は「眼鏡が古いからよ」といって新しいのを買いました。父の7回忌を前に思い出しました。

My father said, "I can't walk straight."
"It's your eyeglasses."
I just couldn't tell you it's the tumor.

Yasuko Nishikawa (F.58)

特別賞
西川 靖子
京都府 58歳 主婦

他人《たにん》なら、オモロイおっちゃんやったのに。
私《わたし》の父《ちち》であったことが不幸《ふこう》でした。

特別賞

有田　直美

大阪府　35歳

お父《とう》さん、
お父《とう》さんがねると、かいじゅうが出《で》てきて、
ぼくねむれないよ。

Dad, when you doze off
the monsters come out,
and I can't sleep.
Yuki Obayashi (M.9)

特別賞
大林 佑生
奈良県 9歳

私《わたし》に飛《と》び蹴《げ》りした貴方《あなた》
孫《まご》に髪《かみ》を掴《つか》まれ馬《うま》になる貴方《あなた》、
本当《ほんとう》に同一人物《どういつじんぶつ》なのですか。

特別賞

山中　俊恵
福岡県　26歳　主婦

お父《とう》さん、私《わたし》を覚《おぼ》えていますか？
私《わたし》はお父《とう》さんのにおいを覚《おぼ》えています。

Dad, do you remember me?
I remember what you smelled like.
Yui Oura (F.14)

特別賞
大浦 愉衣
大分県 14歳 中学校

病床の父に「愛」を込めて

聞《き》こえる？　お父《とう》さん！
私達《わたしたち》この国《くに》に、まだお墓《はか》がないの……。
頑張《がんば》って、もう少《すこ》し、生《い》きようよ！

With love to my father in his sickbed:
Dad! Can you hear?
We don't have a grave in this country.
Hold on a little longer!

Eiko Sakamoto (F.53)

特別賞
坂本 英子
ブラジル 53歳

父

佳作

背広《せびろ》の中《なか》に全《すべ》てを隠《かく》していた父《ちち》。
退職《たいしょく》して初《はじ》めて気付《きづ》きました。
背中《せなか》、丸《まる》くなったね。

佐藤　弘子
北海道　31歳　主婦

あの頃《ころ》　夕焼《ゆうや》け　田舎《いなか》の家《いえ》
げんこつ　おなら　ペンキのにおい　空《そら》の一番星《いちばんぼし》

辻　尚子
北海道　20歳　浪人生

母《はは》からくる　電話《でんわ》の向《む》こうでうがいする
ガラガラという音《おと》で元気《げんき》だと分《わ》かります

宮本　亜津抄
北海道　26歳　会社員

恋人《こいびと》の体内《たいない》に私《わたし》を置《お》いて逝《ゆ》きし人《ひと》よ
ありがとう、ありがとう、ありがとう!!

外川　啓子
北海道　59歳　主婦

いけない恋《こい》をしていたの。でも、
父《とう》さんを思《おも》い出《だ》して、やめちゃった。

大山 文枝
北海道 29歳 看護婦

私《わたし》の隣《となり》に立《た》つ彼《かれ》を虫目鏡《むしめがね》で眺《なが》めている父《ちち》へ。
ご希望《きぼう》とあらば拡大写真《かくだいしゃしん》 送《おく》ります。

濱屋 晶子
北海道 22歳 会社員

結構好《けっこうす》き勝手《かって》してますが、
言《い》いつけ通《どお》りピアスの穴《あな》は空《あ》けていません。

船戸　由紀子
北海道　27歳

お父《とう》さんに、一生懸命話《いっしょうけんめいはな》しかけても一方通行《いっぽうつうこう》。
だけど好《す》きです、その沈黙《ちんもく》の　丸《まる》い空間《くうかん》。

高木　加奈子
北海道　16歳　高校

かくし芸《げい》がお経《きょう》だったなんて、知《し》らなかった。
天国《てんごく》の母《かあ》さん、びっくりしてるね。

真木　光子
青森県　56歳　学習塾

ぼくが大《おお》きくなっても、
ずっとあそんであげるからね、お父《とう》さん。

植田　光彦
岩手県　5歳　幼稚園

あのクリスマスの夜《よる》、
サンタさんと目《め》が合《あ》って以来《いらい》、
プレゼントなしとは寂《さび》しいよ。

古舘　明子
岩手県　16歳　高校2年

幼《おさな》い頃《ころ》、自転車《じてんしゃ》の荷台《にだい》に乗《の》せて貰《もら》いました。
涼《すず》しい風《かぜ》が、父《ちち》の背《せ》より通《とお》り抜《ぬ》けました。

千葉　きく
岩手県　68歳　主婦

おやじ、俺家継《おれいえつ》ぐよ。
おやじより腕《うで》のいい職人《しょくにん》になる。
勝《か》てるのは今《いま》のうちだけだよ。

大山 美成
宮城県 18歳 高校

声失《こえな》くし 筆談《ひつだん》だけの暮《く》らしでも
俺《おれ》には届《とど》くよ 親父《おやじ》の声色《こわいろ》

小嶋 俊一
宮城県 39歳 会社員

親父《おやじ》さんのバリカンは、ホントに痛《いた》かった。
法事《ほうじ》で、兄貴《あにき》も笑《わら》い乍《なが》らこぼしてたっけ。

加藤　文司
宮城県　68歳

お父《とう》さん単身赴任《たんしんふにん》ご苦労《くろう》さん。
たまには洗濯物《せんたくもの》以外《いがい》のおみやげ待《ま》っています。

田中　郁美
秋田県　28歳　主婦

四十年前《よんじゅうねんまえ》　炭焼小屋《すみやきごや》で
父《とう》さんにだかれてねたのは
姉弟《みんな》の中《なか》で　私《わたし》だけだよね

豊島　カヨ子
秋田県　46歳

セピア色《いろ》した軍服姿《ぐんぷくすがた》の写真《しゃしん》。辛《つら》かったろ。
今度《こんど》産《う》まれる所《ところ》は平和《へいわ》だよ父《とう》さん。

斎藤　トシ子
山形県　51歳

パパの大砲《たいほう》は　ママの機関銃《きかんじゅう》より　ずっと怖《こわ》い
たった一撃《いちげき》で　私《わたし》をK・Oしてしまう

佐藤　優
山形県　9歳　小学校3年

お父《とう》さん　今日《きょう》も元気《げんき》な
バナナうんこ　でましたか。
僕《ぼく》のと、どっちが大《おお》きい？

武藤　塁
福島県　9歳　小学校4年

飲《の》み会《かい》の御帰還《ごきかん》は、いつも十時四十分《じゅうじよんじゅっぷん》
おかげでドラマの結末《けつまつ》がわかりません。

屋代 有香
福島県 16歳 高校

お父《とう》さんのすごい鼾《いびき》、とまると「ドキッ」とする。
長生《ながい》きしてね、お父《とう》さん。

中村 明日香
福島県 14歳 中学校3年

母《はは》が病《や》み、貰《もら》い乳《ぢち》をして歩《ある》いてくれた父《ちち》。
雪《ゆき》の夜《よる》は寒《さむ》かったろうな。もう三回忌《さんかいき》だよ。

菅野 淳一
福島県 61歳

不景気《ふけいき》の残業《ざんぎょう》なし。
帰《かえ》ってきてお父《とう》さんいるのってイイ感《かん》じ。

冨張 奈津子
茨城県 17歳 高校

お父《とう》さん、
時《とき》には人生《じんせい》に変化球《へんかきゅう》を投《な》げてみたらどう？
少《すこ》しは楽《らく》になれるよ。

池田 礼子
栃木県 32歳

お義父《とう》さん、銀行《ぎんこう》の方《かた》に父娘《おやこ》とまちがわれました。
私《わたし》この家《いえ》に嫁《とつ》いで十九年《じゅうきゅうねん》です。

岡野 節子
栃木県 43歳

初盆《はつぼん》の迎《むか》え火《び》の煙《けむり》が、すっと玄関《げんかん》の中《なか》に。
親父《おやじ》、お帰《かえ》り。
やっぱり、我《わ》が家《や》が一番《いちばん》だろう?

清水 武雄
群馬県 52歳 大学教授

カブトムシで行《おこな》った指人形劇《ゆびにんぎょうげき》。
夕焼《ゆうや》けの中《なか》を流《なが》れる利根川《とねがわ》がとても大《おお》きかった。

渡辺 貢
群馬県 38歳 教職員

母《かあ》さんの旅行中《りょこうちゅう》、
一緒《いっしょ》にカレーを作《つく》りましたね、お父《とう》さん。
あの味《あじ》は一生忘《いっしょうわす》れません。

江原　みよ子
群馬県　27歳　自営業

お父《とう》さんのあぐらの中《なか》って
あたたかいのでしょうね。
一度《いちど》すわってみたかった。

藤井　梅子
群馬県　65歳

お父《とう》さん　癌《がん》からの挑戦状《ちょうせんじょう》　受《う》けて立《た》とうよ
私《わたし》の寿命《じゅみょう》　半分《はんぶん》あげるから

岩瀬　美恵子
埼玉県　52歳　会社員

お父《とう》さん、自分《じぶん》の部屋《へや》を3階《かい》って言《い》わないで
ただの屋根裏《やねうら》なんだから…。

山﨑　知佳子
埼玉県　26歳　公務員

もう私《わたし》　お土産《みやげ》に
アイスクリームって年《とし》じゃないよ。
彼《かれ》のこと、また言《い》いそびれた。

佐藤　理恵
埼玉県　23歳　大学生

あなたと一緒《いっしょ》に偶然《ぐうぜん》見《み》た流《なが》れ星《ぼし》によって、
ほんの少《すこ》し壁《かべ》がとけた。

荒尾　真弓
埼玉県　17歳　高校

父《とう》さんにナイフを向《む》けたあの時《とき》、
父《とう》さんは笑《わら》っていた。くやしかった。

高橋 由裕
埼玉県 18歳 高校3年

知《し》ってるよ夜《よ》中《なか》に頬《ほお》ずりしに来《く》る事《こと》を、
寝《ね》たふりするのむずかしいんだよ。

伊集院 咲
埼玉県 12歳 中学校

前《まえ》は28才《さい》だと言《い》ってたのに
この頃《ごろ》は38才《さい》と言《い》うんだね。
お父《とう》さん、疲《つか》れたんだね。

山嵜　聡美
埼玉県　18歳

お父《とう》さんの運転《うんてん》するバス。また乗《の》りたいなあ。
でも、もうタダ乗《の》りはできないかな。

奥平　薫
埼玉県　17歳

なき父へ
一五三八八〇二《いちごさんはちはちぜろに》
今日《きょう》、あなたの「認識票《にんしきひょう》」をみつけました。
……父《とう》さんの命《いのち》の番号《ばんごう》。

宮代 健
千葉県 42歳 教員

おとうさん しおりんがねてても
いってきますって いってていってよ

池田 汐里
千葉県 5歳

ファミコンほしいって言《い》ったら
「木《き》で作《つく》ってやる」だって
そりゃムリでしょ。

小峯　佐知子
千葉県　17歳

パパ、もう一緒《いっしょ》におふろ入《はい》らないよ。
でも、寝《ね》たきりになったら、入《い》れてあげるね。

橘川　春奈
千葉県　14歳　中学校2年

今日《きょう》は命日《めいにち》ですね、
私《わたし》も齢《よわい》を重《かさ》ねふと覗《のぞ》いてみたら
鏡《かがみ》の中《なか》にお父《とう》さんがいました。

葛岡 昭男
千葉県 50歳 会社員

父《とう》さん。
遠《とお》い日《ひ》の 父《とう》さんの〝無念《むねん》〟と対面《たいめん》した
戦後五十周年記念式典《せんごごじゅっしゅうねんきねんしきてん》でした。

栗原 玉
東京都 55歳

高校生《こうこうせい》の妹《いもうと》はあなたを疎《うと》んじ始《はじ》め
大学生《だいがくせい》の僕《ぼく》はあなたを受《う》け入《い》れ始《はじ》めました。

籾山　統亮
東京都　22歳　学生

同棲《どうせい》したいと告《つ》げた日《ひ》、
その日《ひ》の売《う》り上《あ》げ金《きん》を手渡《てわた》した父《ちち》。
汗《あせ》と涙《なみだ》の札束《さつたば》。

松浦　千春
東京都　23歳　アルバイト

幼《おさな》い僕《ぼく》が小川《おがわ》に落《お》ちた時《とき》、
飛《と》び込《こ》んで助《たす》けてくれた、
父《とう》さんはウルトラマン。

多田 正彦
東京都 37歳

十年前《じゅうねんまえ》の写真《しゃしん》、持《も》ち歩《ある》かんでよ。
うちは重《おも》くなったし、
父《とう》さんも、肩車《かたぐるま》できんじゃろ。

柴田 あゆみ
東京都 19歳 学生

パパ、知《し》らないでしょう。
いつも玄関《げんかん》出《で》ると好《す》きになっているんだよ。

大島　いずみ
東京都　33歳　派遣社員

天国の父へ
到頭《とうとう》、最後《さいご》の桶壊《おけこわ》れちゃった。
父《とう》さん!!　直《なお》しに来《き》て。
この街《まち》にもう桶職人《おけしょくにん》はいないの。

若林　登紀子
東京都　55歳　地方公務員

臨終《りんじゅう》の義父《とう》さんが
たった一言《ひとこと》 痛《いた》いよ と
しがみついた日《ひ》 嫁《よめ》から娘《むすめ》になりました。

森川 富士子
東京都 55歳

「おーい、アレどこだ。アレ」
「はいパパ。綿棒《めんぼう》でしょ。」
いつの間《ま》にかママより妻《つま》らしい私《わたし》。

赤羽 真紀
東京都 17歳

もう仲直《なかなお》りしてよ。
お母《かあ》さんの言葉《ことば》を
いちいちお父《とう》さんに中継《ちゅうけい》するの疲《つか》れるよ。

藤井　香織
東京都　17歳

お前《まえ》が男《おとこ》と外泊《がいはく》しようとかまわんが　電話《でんわ》はいれろ
ぶたれるより効《き》くよ　お父《とう》さん

南谷　朝子
東京都　30歳

子供達《こどもたち》が口《くち》も利《き》いてくれないよ。
俺《おれ》が親父《おやじ》にしたように……罰《ばち》が当《あ》たったね。

丸岡 敏邦
東京都 54歳 会社員

帰宅《きたく》が遅《おそ》い時《とき》、起《お》きていてくれた父《ちち》。
何《なに》も言《い》わずに部屋《へや》の電気《でんき》が消《き》えました。

小室 朋子
東京都 32歳 主婦

お父《とう》さん、お母《かあ》さんが老人《ろうじん》パスと一緒《いっしょ》に
お父《とう》さんの写真《しゃしん》入《い》れてるの知《し》ってる？

榎本　愛子
東京都　48歳

姉《あね》、兄《あに》、私《わたし》、みんな六月末《ろくがつまつ》か十《じゅう》、十一月生《じゅういちがつう》まれ。
出稼《でかせ》ぎ人生御苦労様《じんせいごくろうさま》でした。

山越　榮治郎
東京都　50歳　高校教員

「若《わか》い父《とう》さん」と言《い》われるのが嫌《きら》いだった。
二度目《にどめ》の父《とう》さんだってばれそうだったから。

加藤　千晶
神奈川県　32歳　主婦

あなたの事《こと》を忘《わす》れて暮《く》らしていけるほど
僕《ぼく》は今《いま》　幸《しあわ》せです

吉田　義博
神奈川県　17歳　高校

親父《おやじ》、大嫌《だいきら》いだ。
でも、親父《おやじ》なんてそんなものだろ。
そのままでいてくれ。

関谷 紀貴
神奈川県 17歳 高校

残《のこ》された借金《しゃっきん》は、
残《のこ》された家族《かぞく》みんなの団結《だんけつ》に
役立《やくだ》っています。

長久保 宏美
神奈川県 34歳 会社員

背《せ》は並《なら》んだはずなのに、
田舎《いなか》に帰《かえ》ると僕《ぼく》より大《おお》きく見《み》えるのはなぜですか。

小林　陽一
神奈川県　16歳　高校

お父《とう》さん、夫《おっと》よりも
あなたの方《ほう》が好《す》きというのは
親不孝《おやふこう》なのでしょうか。

山﨑　敏枝
神奈川県　31歳　会社員

化学式《かがくしき》って、融通《ゆうずう》のきかないお父《とう》さんにそっくり。
でも、何《なん》か魅力《みりょく》あるんだよなぁ。

山縣　奈緒子
神奈川県　20歳　大学3年

父《とう》さんとケンカした夜《よる》に泣《な》きました。
勝《か》ってしまったから泣《な》きました。

石井　洋三
神奈川県　22歳　大学

お父《とう》さん、息子《むすこ》はお父《とう》さんそっくりで、
私《わたし》はお父《とう》さんを育《そだ》てているみたいです。

鈴木　知子
神奈川県　28歳　主婦

憎《にく》んでなんていません。
母《はは》を想《おも》うと会《あ》えません。
こんな気持《きも》ちも、伝《つた》わらない。

山田　美絵
神奈川県　25歳　主婦

郵便局員《ゆうびんきょくいん》のお父《とう》さん。
心《こころ》を配《くば》りつづけるお父《とう》さん。がんばれ。

河西　秀宣
山梨県　16歳　高校

幼少期《ようしょうき》の、父《とう》さんとの結婚話《けっこんばなし》、
なかったことにして下《くだ》さい。
私《わたし》、好《す》きな人《ひと》ができました。

赤羽　史香
長野県　21歳

夜中《よなか》に、ふと「お父《とう》さん」て呼《よ》んでみたの。
単身赴任《たんしんふにん》は、いつ終《おわ》りますか。

丸山　陽子
長野県　12歳　小学校6年

「ほれ、もってけ」はずかしかったなあ。
新聞紙《しんぶんし》にくるめたスルメと千円札《せんえんさつ》。帰《かえ》りたい。

鹿田　敏代
長野県　41歳　化粧品店従業員

いつも口《くち》うるさい父《ちち》が
「ほらみろ」と一言《ひとこと》、言《い》っただけ、
離婚《りこん》して帰《かえ》ってきた夜《よる》。

青柳　浩子
長野県　31歳　主婦

はじめて朝帰《あさがえ》りしたあの日《ひ》、
何《なに》も言《い》わないお父《とう》さんが今《いま》までで一番怖《いちばんこわ》かった。

町田　朋子
新潟県　29歳　公務員

父上《ちちうえ》、痩《や》せすぎ警報発《けいほうはっ》せられたり。
直《ただ》ちに太《ふと》られたし。
横臥《おうが》されし御姿《おすがた》、スルメなり。

岩渕　温子
新潟県　16歳　高校2年

あなたの仕事場《しごとば》を初《はじ》めて見《み》た時《とき》
母《かあ》さんは言《い》ってた
お給料《きゅうりょう》、無駄使《むだづか》いできないね。

瀧口　加奈子
富山県　15歳　高校

お父《とう》さんの形見《かたみ》の大工道具《だいくどうぐ》
今《いま》 息子《むすこ》が使《つか》ってるよ
これだけ伝《つた》えたい

松田 喜代子
富山県 43歳

長靴《ながぐつ》で上京《じょうきょう》。腹《はら》まきから出《で》た入学金《にゅうがくきん》。
泊《と》まったラブホテル。
今《いま》は私《わたし》の自慢《じまん》です、父《とう》さん。

織田 昌子
富山県 39歳 会社員

父《とう》さんが無理《むり》して買《か》ってくださった
「少女《しょうじょ》の友《とも》」の一冊《いっさつ》で、読書《どくしょ》が好《す》きになりました。

西森 静井
石川県 76歳 家事

「お父《とう》さん」なんて一生呼《いっしょうよ》べない。
母《はは》の再婚相手《さいこんあいて》でも、やっぱり他人《たにん》は他人《たにん》だから。

柳瀬 里華
石川県 31歳 主婦

仕事場《しごとば》で、私《わたし》の写真《しゃしん》が机《つくえ》に挟《はさ》んであるのを見《み》た時《とき》、
涙《なみだ》が出《で》そうになりました。

角 知子
石川県 14歳 中学校

お父《とう》さん、授業参観《じゅぎょうさんかん》の時《とき》、
ふり返《かえ》ると愛想《あいそ》ふりまくのをやめて。

秋田 郁子
福井県 12歳 中学校1年

わたしはじめて見《み》たよ。
お父《とう》さんがママをきょうこってよびすてしたの。

山口　彩子
福井県　8歳　小学校

わたしとそんなにせがかわらないねぼすけ
それがわたしのおとうさん

田端　沙由里
福井県　9歳　小学校4年

本気《ほんき》で力《ちから》いっぱい遊《あそ》んでくれる父《とう》さん。
ぼく友達《ともだち》みんなに自《じ》まんしたいな。

鰐渕　大寛
福井県　10歳　小学校4年

母《かあ》さんにいつもしかられているお父《とう》さん、
でもぼくは味方《みかた》だよ。

清水　洋平
福井県　12歳　中学校

この年頃《としごろ》はお父《とう》さんと話《はな》さない人《ひと》いるんだって。
私《わたし》は変《か》わっているのかな?

井上　佳菜子
福井県　15歳　中学校

あむろなみえとかはらともみは、べつな人《ひと》。
おぼえてね、おとうさん。

中嶋　恵美
福井県　7歳　小学校

お父《とう》さん、そちらからかけてきて
「何《なん》の用《よう》や。」ときくのはやめてください。

西岡　理恵
福井県　22歳　公務員

「理想《りそう》のお父《とう》さんってどんなんや？」って
そんなこと聞《き》いてくるお父《とう》さんが一番《いちばん》好《す》き。

松田　奈々
福井県　15歳　高校

思《おも》い出《で》のない分《ぶん》、悲《かな》しみは少《すく》ないなんてウソです。
生《う》まれた時《とき》、抱《だ》いてほしかった。

松田　圭子
福井県　28歳　学校栄養職員

お父《とう》さん、あなたがいなくなってから
私《わたし》たちは幸《しあわ》せになりました。

飛田　真
福井県　17歳　高校

うみがある　さかなをつんだふねがくる
それぞれのとうちゃんのこえがする

山本　圭子
福井県　41歳　主婦

パパへ。ぼくと妹《いもうと》のけんか、
実《じっ》きょう中《ちゅう》けいするのは、やめてください。

澤田　昇平
岐阜県　8歳　小学校

腕相撲《うでずもう》で初《はじ》めて勝《か》った。
でも父《とう》さんの顔《かお》を見《み》て、
やらなきゃよかったと思《おも》った。

石崎　和弘
岐阜県　15歳　高校

そっけなく切《き》ってしまった電話《でんわ》
今頃《いまごろ》気《き》づきました　お父《とう》さんの寂《さび》しさに
ごめんね

新井　るい子
岐阜県　41歳　主婦

子《こ》がいても、
主人《しゅじん》に向《む》かって「お父《とう》さん」と呼《よ》べない私《わたし》です。
五才《ごさい》で別《わか》れたきりだから。

後藤 ひさ子
静岡県 48歳 会社員

お父《とう》さん、もう、青春《せいしゅん》はやめて。
もっと近《ちか》くを見《み》て。
お母《かあ》さんがいるでしょ。

M・S
静岡県 30歳 主婦

「家出《いえで》してやる!!」と言《い》った時《とき》、
下駄《げた》を揃《そろ》えてくれた事《こと》覚《おぼ》えていますか……。

杉田 和嘉子
静岡県 52歳 主婦

父《ちち》の作《つく》った中古《ちゅうこ》のランドセル、
下《した》をむいて歩《ある》いた子供《こども》の頃《ころ》、
今《いま》は心《こころ》の中《なか》の宝《たから》もの。

森田 美保子
静岡県 47歳 主婦

十歳《じゅっさい》の冬《ふゆ》、母《はは》が突然家《とつぜんいえ》を出《で》た日《ひ》から、
あなたは私《わたし》の敵《てき》であり、唯一《ゆいいつ》の戦友《せんゆう》でした。

香村 栄子
愛知県 42歳 主婦

おとうさんが 帰《かえ》ってくると
パーティ してるきもちになるよ

馬場 菜摘
愛知県 8歳 小学校2年

「お父《とう》さんのお仕事《しごと》は？」

大人《おとな》の好《す》きな一番《いちばん》イヤな質問《しつもん》です。

天国《てんごく》で何《なに》しているの？

横井 俊子
愛知県 58歳 主婦

手遅《ておく》れだけど 悲《かな》しいけれど
あなたが 逝《い》って 私達《わたしたち》
やっと家族《かぞく》になれました

藤綱 眞由美
愛知県 31歳

女《おんな》の中《なか》に、男《おとこ》が一人《ひとり》。寡黙《かもく》な父《とう》さんだけど、
いつもそうやって、犬《いぬ》と話《はな》していたんだね。

高須　美代子
愛知県　33歳　会社員

おむつ交換《こうかん》の折《おり》、私《わたし》の「立派《りっぱ》だねぇ。」に、
「お前《まえ》を創《つく》った元《もと》だもんな。」と微笑《ほほえ》んだ。
忘《わす》れない。

天野ツヤ子
愛知県　50歳　団体職員

友達《ともだち》の〝お父《とう》さんかっこいいネ〟の一言《ひとこと》に
にっこり微笑《ほほえ》む二人《ふたり》　私達《わたしたち》　バカ親子《おやこ》

門脇　麻維
愛知県　20歳　学生

姉《ねえ》さんが結婚《けっこん》して下関《しものせき》へ行《い》ってから、
私《わたし》の長電話《ながでんわ》を怒《おこ》らなくなったね。

日高　祐子
愛知県　25歳

女《おんな》だからと差別《さべつ》しない父《とう》ちゃんに、
世《よ》の中《なか》が追《お》いついてきています。

長谷川 節子
愛知県 59歳 主婦

お父《とう》さん、タケオを悪《わる》く言《い》わないで下《くだ》さい。
僕一番《ぼくいちばん》の親友《しんゆう》なんだよ。

中山 雄一朗
愛知県 14歳 中学校

孤独《こどく》に機械《きかい》相手《あいて》に一人言《ひとりごと》を言《い》っている。
そんな父《ちち》のぎこちなく優《やさ》しい時《とき》が好《す》きだ。

角田 鋼亮
愛知県 15歳 高校

「今晩《こんばん》から、もう家《うち》で寝《ね》やんのやなぁ」
嫁《とつ》ぐ朝《あさ》の独言《ひとりごと》。嬉《うれ》しい日《ひ》やのに　涙《なみだ》が出《で》たよ。

田中 睦子
三重県 27歳 主婦

お星様《ほしさま》から見《み》えますか。
パパに教《おし》えてもらった自転車《じてんしゃ》
乗《の》れるようになりました。

山崎　正太郎
三重県　8歳

よく、母《かあ》さんを怒鳴《どな》ってたが、あちらでも？
えっ別居《べっきょ》？　そうか、相手《あいて》は極楽《ごくらく》か。

金五　満
三重県　66歳　アルバイト

かけごとが好《す》きなあなた、
ホントに大《おお》きなかけをしたのは、
あなたにかけた母《はは》です。

藤井 裕三
大阪府 47歳

父《とう》さんと いっしょに とりあって 食《た》べた
枝豆《えだまめ》の味《あじ》 なつかしい。

角井 美枝
大阪府 60歳

大阪《おおさか》へ戻《もど》る時《とき》　胸《むね》がキュンとなるよ
父《とう》ちゃんの「ありがとのぅ」の寂《さび》しげな一言《ひとこと》

芝田　和明
大阪府　43歳

色《いろ》変《か》わるまで、待《ま》とう云《い》ってた、ぶどう、
ほんまはマスカットやってんな、お父《とう》ちゃん。

西川　きよし
大阪府　50歳
タレント・国会議員

お父《とう》さん　あっちゃんが大《おお》きくなったら
お父《とう》さんは　どれくらい大《おお》きくなるの？

山口　明努子
大阪府　7歳

きょうは、さんかんび　ありがとう。
ぼく、ふりむいたとき
おとうさん、ひかってたよ。

もりわき　ひろあき
大阪府　7歳　小学校2年

大地震《おおじしん》の日《ひ》、思《おも》わず言《い》ったよ。
「お父《とう》ちゃん、助《たす》けてぇ、家《いえ》が 壊《こわ》れちゃった」

柴村 賀代子
兵庫県 56歳 主婦

お母《かあ》さんの結婚当時《けっこんとうじ》のワンピース、
私《わたし》が着《き》てるの見《み》てうれしかったでしょ?

坂野 ひとみ
兵庫県 17歳 高校

阪神大震災直後《はんしんだいしんさいちょくご》　水汲《みずく》みもせずに
お酒《さけ》ばかり買《か》いに行《い》っていた　あの姿《すがた》
忘《わす》れないよ

匿名
兵庫県　41歳

おとうさんが五千円札《ごせんえんさつ》の人《ひと》に似《に》てるなんて、
友達《ともだち》には絶対言《ぜったいい》えません。

石津　祐子
兵庫県　18歳　高校

初孫誕生《はつまごたんじょう》！　あのきのこ雲《ぐも》の下《した》を
生《い》きぬいた貴方《あなた》の命《いのち》、
この子《こ》が確《たし》かに　引《ひ》き継《つ》ぐよ。

島本　玲子
兵庫県　31歳

今《いま》の家族《かぞく》に看取《みと》られて　幸《しあわ》せに旅立《たびだ》てた？
一寸位《ちょっとくらい》　思《おも》い浮《う》かべてくれた？　母《はは》と私《わたし》を…

三浦　真由美
兵庫県　48歳

亡き父へ

お父《とう》さんが一生《いっしょう》かゝって建《た》てた家《いえ》が、
私達《わたしたち》を震災《しんさい》から守《まも》ってくれました。

冨永 陽子
兵庫県 58歳 主婦

満員電車《まんいんでんしゃ》は、お父《とう》さんのにおいがするから、
ちょっと好《す》きだった。

高橋 ゆり子
兵庫県 25歳 事務員

短《みじ》かすぎたね　父《ちち》と娘《むすめ》でいた時間《じかん》
写真《しゃしん》の中《なか》の父《とう》さんと　少女《しょうじょ》の頃《ころ》の私《わたし》に逢《あ》いたい

岩元　眞弓
兵庫県　39歳　主婦

パパへ。
パパだけだよ。わたしのことを
「かわいい」っていってくれるのは。

吉川　浩世
奈良県　8歳

「おかえりなさい」親父《おやじ》と間違《まちが》えたらしいよ。
そんなに似《に》てきたのかな俺《おれ》の足音《あしおと》。

松村　幸治
奈良県　18歳　高校

お父《とう》さん、切《き》り取《と》った肺《はい》は大《おお》きかったけど、
とてもきれいでしたよ。もう大丈夫《だいじょうぶ》。

天野　恵美子
島根県　42歳　会社員

23・21・17の娘《むすめ》にケーキを買《か》ってきてくれる父《ちち》。
このままじゃ、誰《だれ》もお嫁《よめ》に行《い》かないよ。

藤尾　奈央子
岡山県　23歳　会社員

又《また》、作《つく》って下《くだ》さい。私《わたし》だけの「すべり台《だい》」。
畳床《たたみどこ》を斜《なな》めに立《た》てただけの簡単《かんたん》な「すべり台《だい》」。

赤木　仁美
岡山県　10歳　小学校5年

人生《じんせい》の良《よ》い方向《ほうこう》に導《みちび》いて下《くだ》さる方々《かたがた》に感謝《かんしゃ》する
——父《ちち》がつけてくれた名前《なまえ》——謝方

謝方
広島県　26歳　大学

父《とう》さんゴメン。
「母《はは》への手紙《てがみ》」読《よ》んだのに、
入賞《にゅうしょう》してたの言《い》われるまで気付《きづ》かなくて。

日高　直子
広島県　35歳　主婦

黙《だま》ってても解《わか》るよ親父《おやじ》、男同士《おとこどうし》だ。
でも75歳《さい》、あと余《あま》りないぜ。
もすこし話《はな》したいな。

美馬 博文
徳島県 41歳 国家公務員

稲《いね》や麦《むぎ》のことがわかる。
客人《きゃくじん》のために うどんも打《う》てる父《とう》ちゃん。
長生《ながい》きしての。

寒川 真由美
香川県 35歳 主婦

友達《ともだち》は皆《みな》、父親《ちちおや》をキライと言《い》うのよ。
私《わたし》がお父《とう》さんと仲良《なかよ》しって言《い》うと変《へん》だってさ。

仲田　舞衣
愛媛県　15歳　高校1年

「父《ちち》への手紙《てがみ》」書《か》き出《だ》したら止《と》まらない。
一《ひと》つでも面《めん》と向《む》かって言《い》えたらいいのに…。

高橋　ゆみ子
愛媛県　24歳　会社員

おじいちゃん？と聞《き》かれる度《たび》に、
大声《おおごえ》で「父《とう》ちゃん。」と言《い》ってた私《わたし》、覚《おぼ》えてる？

高木 もとみ
愛媛県 23歳 会社員

父《ちち》はすごい。「校《こう》」の字《じ》の中《なか》にいる。
だから学校《がっこう》の中《なか》でも父《ちち》を思《おも》い出《だ》す。

川野 加奈子
福岡県 15歳 高校

「友達作《ともだちづく》りに、学校《がっこう》へはゆけ。」
あの言葉《ことば》で今《いま》の私《わたし》の幸《しあわ》せがあります、父《とう》さん。

川上 恵子
福岡県 46歳 主婦

私《わたし》があげたミッキーマウスのネクタイで
会社《かいしゃ》に行《い》ったこと、ありがとう。

川原 まどか
福岡県 17歳 高校

会社《かいしゃ》が恋人《こいびと》ですって?
恋《こい》には別《わか》れがあるのよ。
この私《わたし》が知《し》っている。

吉村　弘子
福岡県　21歳

新《あたら》しもの好《ず》きもいいけれど、
古《ふる》いものも大事《だいじ》にしてヨ。
特《とく》にお母《かあ》さんとか。

野原　裕美子
福岡県　31歳　会社員

「大丈夫《だいじょうぶ》か」 何度《なんど》も 振《ふ》り向《む》く お父《とう》さん
前《まえ》 見《み》て 運転《うんてん》して……生《う》まれる前《まえ》に事故《じこ》っちゃう。

大久保 ゆか
福岡県 32歳

小《ちい》さい時《とき》、父《ちち》はエライと思《おも》った。
青年《せいねん》の時《とき》、口《くち》だけだと思《おも》った。
今《いま》、父《ちち》の中《なか》に私《わたし》を見《み》る。

北古賀 信彦
佐賀県 41歳 会社員

四十六年前《よんじゅうろくねんまえ》に私《わたし》は無事《ぶじ》生《う》まれ、
六日《むいか》後《ご》に母《かあ》さんは死《し》んだ。
父《とう》さん、知《し》っていましたか。

沖 照子
長崎県 46歳 公務員

パンツいっちょ、パチンコばかり。
でもあの時《とき》、パシッと張《は》ってくれた。
うれしかった。

渡邉 輝彰
大分県 18歳 高校3年

この応募用紙《おうぼようし》を、手《て》にした時《とき》から、
胸《むね》がつまり、涙《なみだ》が後《あと》から後《あと》から、わいてきます。

北崎　みさこ
大分県　45歳　主婦

父《とう》さんの愚《おろ》かさを二十年間《にじゅうねんかん》言《い》い続《つづ》けてきた
母《かあ》さんの愚《おろ》かさに気《き》づきました。

武内　清則
大分県　46歳

黄泉《よみ》の国《くに》の父《とう》さん。母《かあ》さん呼《よ》ぶなよな。
姉《ねえ》さんと必死《ひっし》で看病《かんびょう》したんだ。呼《よ》ぶなよな。

加藤 孝二
宮崎県 42歳 公務員

戦死した父へ

あなたが眠《ねむ》るトラック島《とう》は 海《うみ》が真《ま》っ青《さお》でした
こんな南《みなみ》の果《は》てで……と思《おも》いました

呉屋 栄夫
鹿児島県 54歳

父《ちち》よ、かくれて遊《あそ》びに行《い》くな、
どうどうと遊《あそ》びに行《い》け。
たまにはおれもつれて行《い》け。

柊元 一成
鹿児島県 16歳 高校1年

どうして離婚《りこん》したのですか。
苛《いじ》めを受《う》けてる私《わたし》は、
今《いま》お父《とう》さんに会《あ》いたいです。

N・R
鹿児島県 16歳 高校2年

お父《とう》さん、おれの部屋《へや》に勝手《かって》に入《はい》るな。
おれの部屋《へや》には、なにもない。

比嘉 千明
沖縄県 17歳 高校

「一緒《いっしょ》に走《はし》ろう」と誘《さそ》うけど、
お父《とう》さんと違《ちが》うコースを走《はし》る私《わたし》を見《み》て下《くだ》さい。

神谷 しのぶ
沖縄県 17歳 高校

天国《てんごく》の父上殿《ちちうえどの》、一筆啓上致《いっぴつけいじょういた》します。
奥様《おくさま》が70kgになられました。

伊藤 瑞恵
沖縄県 29歳 専業主婦

父《とう》さんと戦《たたか》ってきた。
それが自分《じぶん》との戦《たたか》いだったって
今頃《いまごろ》やっと気《き》がついたよ。

山田 茂樹
沖縄県 23歳 大学

英語版「父」への手紙　一筆啓上賞

A Brief Message from the Heart LETTER CONTEST

"Dad"

My Dad's bald:
My dad is loving, loyal, true—
He's handsome daring, debonaire.
And all of this, he does without
One solitary strand of hair.

Dominic Ebacher (Camas, WA / M.15)

お父さんは禿。
僕のお父さんは愛情深く
家族思いでいつも本気、
ハンサムで豪胆で礼儀正しい。
しかも、一本も毛髪が無くて、そうなんだ。

ドミニク・エバカー（ワシントン州カマス市 15歳）

She's gone.
Fifty years, seven kids, I find you
in your woods behind the old house,
Walking quickly, Eyes focussed
ahead, chasing the past.

Rosalie Edmonds (Westlinn, Oregon / F.40)

母が亡くなった。
後に、50年の結婚生活と7人の子供。
家の裏の馴染みの森の中を、
過去を捕まえようと きっと前を見据えて、
足早に歩く父の姿。

ロザリー・エドモンズ（オレゴン州ウエストリン市 40歳）

Dear Father,
You taught me to follow my dreams
and stand up for my beliefs.
Why don't you let me?

Patrick J. Higbie (Vancouver WA / M.17)

お父さん、
お父さんは僕に自分の夢を追い、
自己の信念に従って生きよと教えてくれたね。
それなのに。
どうして僕の好きにさせてくれないのか。

パトリック・J・ヒグビー（ワシントン州バンクーバー市 17歳）

あとがき――父への想い

父とは結構複雑なものらしい。第四回一筆啓上賞「日本一短い『父』への手紙」に寄せられた七万一五二一通の手紙は、複雑な父への想いに溢れていた。母に対して「ありがとう」とストレートに言うのとは違って、変化球でなければ伝わりにくいもどかしさが見えてくる。父親としての存在が「家族」のなかで問われているようにも見えてくる。

混迷の時代だから「お父さん」の生きざまも様々な姿がある。元気なお父さん、迷っているお父さん、何かを期待しているお父さんの姿が鮮明に浮かび上がっている。「父」とは息子や娘にとってどういう存在なのか、存在感が希薄になっているとはいえ、多くの手紙からはまだまだ期待されている、求められている父親像が見え隠れしている。

「母」「家族」「愛」そして「父」と、過去四回の「一筆啓上賞」によって二十三万通余の手紙をいただいた。「愛」からは英語の作品も加わり、アメリカを中心に静かな広がりを見せている。言語、生活習慣の違いは多少あるものの、想いはさほど違わない。短い言葉に凝縮することによって、本音だけが残る。言いたいこと、伝えたいことだけが一人の人間から発せられる。

郵政省（現　郵便事業株式会社）の皆様には、さまざまな形でご支援いただきました。住友グループの皆様からも多大なご支援をいただき、日本語だけでなく英語でも手紙文化の高まりが期待されます。

この増補改訂版発刊にあたり、丸岡町出身の山本時男さんがオーナーである株式会社中央経済社の皆様には、大きなご支援をいただきました。ありがとうございました。

最後になりましたが、西予市とのコラボが成功し、今回もその一部について関係者の方にご協力いただいたことに感謝します。

二〇一〇年四月吉日

編集局長　大廻　政成

日本一短い「父」への手紙 一筆啓上賞〈増補改訂版〉

二〇一〇年五月二〇日 初版第一刷発行
二〇二〇年二月二五日 初版第二刷発行

編集者――公益財団法人丸岡文化財団
発行者――山本時男
発行所――株式会社中央経済社
発売元――株式会社中央経済グループパブリッシング
〒一〇一－〇〇五一
東京都千代田区神田神保町一－三一－二
電話〇三－三二九三－三三七一（編集代表）
〇三－三二九三－三三八一（営業代表）
http://www.chuokeizai.co.jp/
印刷・製本――株式会社 大藤社
編集協力――辻新明美

＊頁の「欠落」や「順序違い」などがありましたらお取り替えいたしますので発売元までご送付ください。（送料小社負担）

© 2010 Printed in Japan

ISBN978－4－502－42930－9 C0095